找回注意力

學習手冊

孟瑛如、周文聿、黃姿慎　著

U0065243

本學習手冊可單獨添購
意者請洽本公司

心理出版社

作者簡介

孟瑛如　清華大學特殊教育學系教授。希望「融合之愛系列」繪本能讓大家看見孩子的特殊學習需求,讓孩子可以做最好的自己。

周文書　清華大學特殊教育中心專任助理。每個孩子都能學,只是可能在不同的時間、不同的情境,用不同的方法。讓融合之愛協助每位孩子擁有尊嚴自主的人生!

黃姿慎　新竹縣山崎國小特教資源中心主任。希望「融合之愛系列」繪本讓大家不只愛我們的孩子,也能懂他們;教策略的同時,也在教他們如何面對屬於自己的人生。

目錄

找回注意力

在看完故事後,我們不難發現,原來不專心、衝動、過動,都是注意力缺陷過動症孩子常見的問題,而透過以下的討論,希望可以讓我們對於注意力缺陷過動症勾勒出更清晰的輪廓。

一、注意力缺陷過動症(ADHD)的特質與診斷

(一)依據美國精神醫學會(APA, 2013)的《精神疾病診斷與統計手冊》(DSM-5)中記載,注意力缺陷過動症的特質與診斷準則如下:

注意力缺陷過動症
診斷標準
A.一個持續注意力缺陷和/或過動—衝動的模式,妨礙其功能或發展,特徵如下列 1. 和/或 2.:
1. 注意力缺陷(Inattention)
下列 9 項注意力缺陷症狀中至少出現 6 項,且持續 6 個月以上,有適應不良現象,且其表現未達應有之發展階段,同時對於社交和學業/職業的活動有直接負面影響。
註:這些症狀並非單獨地顯示出對立、反抗、敵意,或失敗於了解作業或是教學過程中。對於青年或是成年(指 17 歲或是年齡更大者),則必須至少符合 5 項症狀。
a. 經常缺乏對細節的專注,或在學校功課、工作或其他活動中粗心犯錯。(例如:忽視或錯失細節)
b. 經常在做作業或遊戲活動時不能專注持久。(例如:在上課時無法持續專注聆聽)
c. 經常有聽而不聞的現象。(例如:即使在無明顯分散注意源的情形下,亦會呈現心不在焉的現象)
d. 常常不聽從指示,因而無法完成學校功課、雜務或是該做的事。(例如:可以開始工作,但會迅速失焦或分心)
e. 對於完成需要組織或按照順序的工作或活動有困難。(例如:在安排順序性的工作上有困難、在物歸其位上有困難、在時間管理上極差、無法如期完成工作等)
f. 常常逃避、厭惡或是抗拒需要持續專心的事物。(例如:學校作業、家事等)
g. 常弄丟工作或活動的必要物品。(例如:家庭聯絡簿、鉛筆、課本、用具、鑰匙、眼鏡、手機等)

h. 經常因為外界刺激而分心。（註：對於青年或成年者則可能包含無關的想法）

i. 健忘。（例如：經常忘記做家事、幫忙跑腿；對於青年或成年者則是忘記回電話、付帳單和定時約會）

2. 過動和衝動

下列 9 項過動／衝動症狀中至少出現 6 項，且持續 6 個月以上，有適應不良現象，且其表現未達應有之發展階段，同時對於社交和學業／職業的活動有直接負面影響。

註：這些症狀並非單獨地顯示出對立、反抗、敵意，或失敗於了解作業或是教學過程中。對於青年或是成年（指 17 歲或是年齡更大者），則必須至少符合 5 項症狀。

a. 經常坐立難安，手腳動來動去，或身體在座位上扭動不停。

b. 經常在需要保持坐在位子的情形下離開座位。（例如：在教室中離開自己的座位）

c. 經常在不適當的情境下過度跑來跑去或爬上爬下。（註：青年或成年者可能因為被限制而感到焦躁不安）

d. 經常不能好好的玩或是安靜地從事休閒活動。

e. 舉止彷彿裝上馬達一般，沒有辦法持續做一件事而換來換去。（例如：不能夠持續或是舒適的保持安靜，當在餐廳、會議中，可能令他人感受到的是焦躁不安，或是很難跟上進度）

f. 經常多話。

g. 經常在問題講完前搶著說出答案。（例如：接著說完別人的句子；在對話中無法等待輪到他說話）

h. 經常在需輪流的團體活動或遊戲中不能等待。（例如：當排隊等待時）

i. 常常打斷或干擾他人。（例如：干擾對話、遊戲或是活動；可能未經過詢問或得到允許就使用他人物品；對於青年或成年者可能是干擾或指責他人做的事情）。

B.數種注意力不足或過動—衝動的症狀會發生在 12 歲之前。

C.數種注意力不足或過動—衝動的症狀會發生於兩種或兩種以上的情境。（例如：在家庭、學校或工作中；和朋友或其他親屬相處；在其他的活動裡）

D.有明確證據顯示，這些症狀會對社交、學業或是職業功能造成妨礙或降低品質。

E.這些症狀非發現於思覺失調症或另一個精神障礙的病程，同時也不能用其他精神疾病的診斷做解釋（例如：情緒障礙、焦慮症、解離症、人格障礙、物質中毒或戒斷）。

資料來源：American Psychiatric Association [APA] (2013). *Diagnostic and statistical manual of mental disorders (5th ed.): Attention-deficit/ hyperactivity disorder* (pp. 59-60). Washington, DC: Author.

（二）亞型（APA, 2013, p. 67）

1. 合併型 314.01/F90.2：若同時符合準則 A1（注意力缺陷）和準則 A2（過動—衝動），並持續 6 個月。

2. 主要為注意力缺陷型 314.00/F90.0：若符合準則 A1（注意力缺陷）但未符合準則 A2（過動—衝動），並持續 6 個月。

3. 主要為過動—衝動型 314.01/F90.1：若符合準則 A2（過動—衝動）但未符合準則 A1（注意力缺陷），並持續 6 個月。

（三）嚴重程度分類（APA, 2013, p. 60-61）

1. 輕度：較少，即使症狀出現超過這些診斷準則要求的標準，這些症狀的結果也不再或輕微地造成社會或職業功能的損傷。

2. 中度：症狀或功能損傷呈現介於輕度和重度之間。

3. 重度：許多症狀超過這些診斷準則要求的標準，或好幾種症狀特別嚴重，或是症狀結果有明顯在社會或職業功能的損傷。

（四）盛行率（APA, 2013, p. 61）

在人口調查的推估中，ADHD在大部分的文化中，孩童的發生率約為 5%，而成人則約為 2.5%。

（五）發展與進程（APA, 2013, p. 62）

許多父母會在孩子正在學走路時，第一次觀察到過度的動作活動，但這些症狀很難與 4 歲前高度變化的正常行為做區分，ADHD 通常在國小階段被辨識出來，而且注意力缺陷變得較為顯著和嚴重。該疾患到了青春期階段是比較穩定的，但有些個案會具有反社會行為的惡化過程發展。大部分具有 ADHD 的個案在青少年和成人階段時，其動作的過動症狀會變得較不明顯，但會出現在不安定、不專注、缺乏計畫和持續衝動的困難，有相當比例的 ADHD 兒童仍舊出現較嚴重的障礙直到成人期。

在學前階段，主要明顯的是過動行為，注意力缺陷在國小階段才會變得較為顯著；青少年階段過動的症狀（例如：跑和爬）變得較不常見，而且坐立不安或是內在焦躁不安、不安分或急躁感的情形較受約束。在成人階段，除了注意力缺陷和不安定之外，衝動可能持續出現問題，即使當過動症狀已經減緩。

二、協助注意力缺陷過動症孩子的四個面向

（一）注意力缺陷過動症孩子的「食」與「醫」：醫療用藥與應用膳食療法

近年來，藥物治療已成為治療 ADHD 兒童被應用最廣的方式。曾被用來治療 ADHD 兒童的藥物有中樞神經的興奮劑，例如：短效型（藥效 3～4 小時）的 Ritalin（利他能），或是長效型（藥效約 12 小時）的 Ritalin-LA（利他能-LA），或是 Concerta（專司達）等。另有 Atomoxetine（ATX）等腎上腺素抑制劑，例如：Strattera（思銳膠囊）為長效型（藥效可持續約 24 小時）。

有些孩子在使用藥物後會有食慾不振、失眠、頭痛、噁心、胸悶等症狀，部分的副作用可能在服藥後數天消失，或者可透過調整劑量和調整用藥時間來減緩副作用的產生。對 80%的孩子來說，用藥可以有效抑制症狀，使其穩定學習。因此，依照醫囑用藥，確實的記錄用藥情形，詳述孩子生活作息的安排，做為醫生調整開立處方或是調整劑量的參考，才是正確用藥的不二法門。ADHD 兒童的大腦額葉及間腦間的血流量及營養和能源消耗量較低，因此，飲食管理與控制成為協助 ADHD 兒童的方式之一；平時可以從含有加強記憶力、安定情緒、集中注意力……之營養成分的食物著手，例如：葉酸、蛋白質、魚油、維生素 B1、B6、A、鈣，並且減低高糖、高鈉、高咖啡因或油炸食物的攝取，以減低孩子的躁動狀況。

簡單而言，一般過動症在藥物治療與應用膳食療養部分，可注意下列事項：

1. 有些孩子會在服用過動症藥物後食慾不振，多數孩子在 2 個星期至 3 個月後身體會自動調整。

2. 若服用短效型過動症藥物，因藥效會持續 3～4 小時，午餐若吃不下，建議學校導師可給予鼓勵，例如：「還是要吃十口」（給一點可行規範），而晚餐時，可以準備豐富一點讓孩子吃，因藥效過後孩子會較餓。

3. 若服用長效型過動症藥物，因藥效會持續 12 小時左右，建議可讓孩子吃宵夜，宵夜的份量可與晚餐類似。

4. 週六、日或寒暑假不服用過動症藥物時，家裡的餐點可特別豐盛與營養。

5. 建議家長不要自行減藥或停藥，須遵循醫師囑咐執行，若要減藥或停藥，皆需與醫師討論。

6. 少吃高糖、高鈉、高咖啡因食物，如巧克力、奶茶、炸雞等，會讓藥效降低；家裡盡可能不要有這些食物出現，以避免孩子需要忍受誘惑。

7. 每日都要吃高葉酸（如深綠色蔬菜）、高蛋白（請盡可能在早餐時就給予高蛋白的食物，如三明治加蛋、肉、糙米粥）、高OMEGA（如鱈魚、鮭魚等，建議水煮或清蒸，避免魚油流失）等食物。

8. 每週吃一次蛤蜊湯以補充鋅，可用少量清水加薑片，等水滾才下新鮮蛤蜊，湯再滾即熄火，略悶 1～2 分鐘，蛤蜊即會全開，口感較佳，可減少孩子的抗拒感。

9. 建議前述第 7～8 項的應用膳食療養，以天然食物最佳，不隨意補充維他命錠或以坊間的健康食品替代。

10. 服藥期間請配合固定運動及相關教養策略，孩子行為的改善會更明顯。

（二）注意力缺陷過動症孩子的「助」：行為管理及支持策略

除了藥物治療外，在面臨孩子的行為問題時，也可以借助行為管理治療，確實配合執行行為契約的訓練，以改善孩子的行為問題。可以透過增強行為出現的積極增強（包括讚美、鼓勵）和消極增強（包括免除限制、責任）強化正向行為；或透過懲罰與隔離（剝奪其權利、參與活動的自由或機會等）減少或抑制行為的出現。此外，放鬆訓練、應用膳食療法結合固定運動增加腦中的多巴胺分泌，對 ADHD 孩子很有幫助。

（三）注意力缺陷過動症孩子的「行」：培養良好作息與運動習慣

ADHD 孩子最好能養成固定的運動習慣，才能讓其過動的精神有宣洩之處，但多數的教養者卻希望我們的孩子能安靜坐著或罰他們不能下課，如此反而會讓孩子遵守課堂規則的情形更差。建議運動習慣養成最好能運用晨光時間，在增加神經傳導物質的分泌合成或增加血清素分泌提升心理健康後進教室學習，方能達到事半功倍的效果。什麼樣的運動對 ADHD 兒童而言效果最佳呢？建議如下：

1. 能提高心跳率的運動：如慢跑、跳繩、游泳等。
2. 架構嚴謹的運動：如武術、體操、舞蹈等。
3. 體力與腦力兼併的運動：如桌球、網球、羽球等。

三、活動學習單介紹

在對於 ADHD 孩子的特質與診斷有所了解後，以下將以活動單的方式協助 ADHD 孩子的四個面向：「食」與「醫」（醫療用藥與應用膳食療法）、「助」（行為管理及支持策略）、「行」（培養良好作息與運動習慣）策略具體化。學習單以第三人稱「他」討論 ADHD 孩子，在作為教學或是讓孩子自學時，亦可以將閱讀對象改為「你」或是「我」的第一、二人稱。單元結束後，設有終極考驗錦囊妙計的活動設計，讓孩子本身或與孩子相處的人能以其自身角度思考如何能夠在不同情境中提供適切的協助。

就要這樣吃

ADHD 孩子對於飲食有一定的需求，深綠色蔬菜、高蛋白質、水煮清蒸魚……等都是可以幫助孩子更為專注的利器；反之，碳水化合物、咖啡因等則可能讓孩子躁動或分心情形加劇。試著為孩子一天的飲食進行健檢吧！

	深綠色蔬菜	高蛋白質	DHA	全穀類	維他命	礦物質
今日飲食項目						
	○	○	○	○	○	○

→

專心

	飽和脂肪酸	碳水化合物	含咖啡因	高糖分	油炸物	高添加物食品
今日飲食項目						
	✕	✕	✕	✕	✕	✕

←

用藥紀錄與回饋

用藥後的反應回饋常是醫生藥物調整的重要依據，相關表單常會要求家人及老師提供對孩子用藥後的觀察。因此，若能讓孩子學習自我記錄，將能有效提醒孩子遵守用藥規則，並對用藥後的反應有更具體的回饋。

上學前……

　　我在學校的用藥時間：＿＿＿＿＿＿點＿＿＿＿＿＿分

　　可以幫助我用藥的人：＿＿＿＿＿＿＿＿＿＿＿＿＿＿

在必須用藥的時間上標記☆號

用藥後……

　　今天我有沒有準時服藥：

　　　　□有　　□沒有（原因：＿＿＿＿＿＿＿＿＿＿＿）

　　用藥之後我有沒有不舒服的情形：

　　　　□沒有　　□有（說明：＿＿＿＿＿＿＿＿＿＿＿）

　　今天我的上課狀況：

　　　　情緒穩定度：☆☆☆☆☆

　　　　專心注意度：☆☆☆☆☆

別人眼中的他

生活中一件簡單的事情似乎也會不小心造成別人的困擾，讓我們一起當小記者，問一問別人對他的看法。

> 他覺得自己⋯⋯

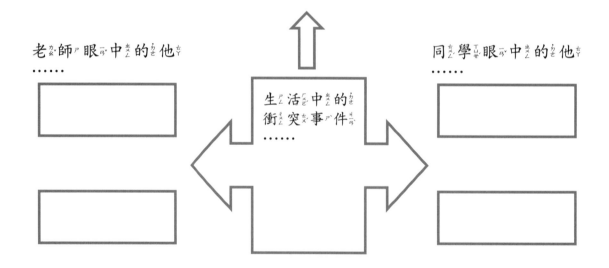

老師眼中的他
⋯⋯

同學眼中的他
⋯⋯

生活中的
衝突事件
⋯⋯

　　和他一起討論大家對他的看法一致嗎？不一樣的地方在哪裡？

對他來說，情緒一來好像就控制不住，請他和大家約定好一句通關密語，當聽到通關密語時，他就必須啟動冷靜模式讓自己沉著面對。

我的通關密語是……

聽到這句話應該要……

1. 深呼吸

2. 從 1 數到 10

3. _____

4. _____

清潔溜溜～學習環境檢核表

請為 ADHD 孩子預備一個良好的學習環境，試著在課堂中觀察其周遭環境，找出可能使他分心的因素，並試著排除或是找出替代的方式。

	檢核目標	完成了	未完成
1	確定周遭環境安靜		
2	桌面上只放一枝筆還有橡皮擦		
3	用不到的東西請先放到抽屜裡		
4	將要寫的作業打開到要完成的那一頁		
5	其他：		
6	其他：		

	容易使他分心的因素	已清除	未清除
1			替代方式：
2			替代方式：
3			替代方式：

ADHD 孩子在與他人互動時容易有衝突行為產生，在衝突發生後，試著和孩子共談，找出造成衝突的原因，才能夠找出有效的應對策略。

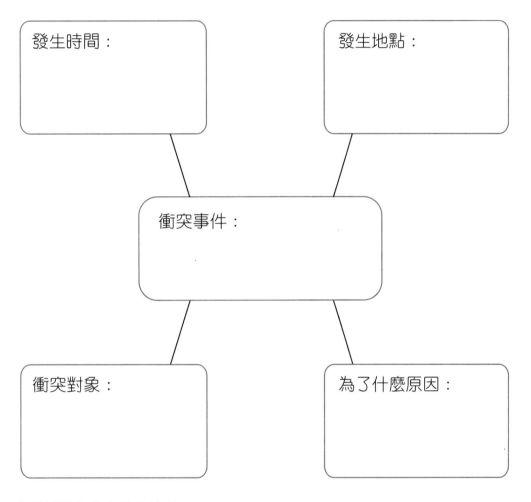

發生時間：

發生地點：

衝突事件：

衝突對象：

為了什麼原因：

下次可以避免衝突的方法是……

抽絲剝繭（二）

ADHD 孩子在進行課業學習等工作時，容易受外界干擾而分心，試著花些時間觀察孩子，幫他們找出學習環境的干擾源，以利在學習時安排低干擾環境。

工作目標：
預計完成時間：
觀察時間間距：

時間	孩子正在……	專心行為分析
		是否專心 □是 □否 （干擾源： 　是否可以排除：□是□否）
		是否專心 □是 □否 （干擾源： 　是否可以排除：□是□否）

可以排除的干擾源：_____

_____

不能排除，但可以減低干擾的干擾源：_____

_____

不能排除，只好自己調整環境的干擾源：_____

_____

管教一致紀錄表

在面對 ADHD 孩子時，標準一致是建立關係與規範的不二法門，試著與不同任課老師討論並記錄管教孩子時應注意的事項。

授課科目			
授課時間			
教師姓名			
班級上應注意的事項			
孩子有正向行為時的正增強方式	可否一致 □可 □否，原因：	可否一致 □可 □否，原因：	可否一致 □可 □否，原因：
孩子有負向行為時的提醒用語	可否一致 □可 □否，原因：	可否一致 □可 □否，原因：	可否一致 □可 □否，原因：
孩子有負向行為時的負增強方式	可否一致 □可 □否，原因：	可否一致 □可 □否，原因：	可否一致 □可 □否，原因：

投其所好

ADHD 孩子在不同管教風格中會有不一樣的表現樣態，試著觀察他在不同科任老師課堂上的表現，並找出原因。

授課科目		
授課時間		
教師姓名		
注意力持續時間		
引起他興趣／ 分心的原因	□有效管教 □課程有趣 □其他	□放任分心 □課程乏味 □其他
在課堂上，值得學習／ 注意的因素有……		

最重要的事

ADHD 孩子平時常常會因為周遭事物吸引而分心，導致無法立即完成交辦的工作。因此，無論是在家裡或學校，我們可以協助孩子確認當下最先需要完成的工作，並共同訂定完成進度或目標。

當下最需要完成的工作 （例如：完成作業）	指導語：想一想，現在什麼事情最重要？
↓	
訂定完成期限 （例如：8 點以前）	指導語：你必須要在什麼時間前完成？
↓	
讓孩子自我提醒 （例如：一開始做的事情就先完成）	指導語：你怎麼提醒自己？

可以這麼做

當 ADHD 孩子在日常生活中出現不可以被接受的行為時，我們可以提供另一種行為模式替代。試著想想：孩子的行為問題有哪些？可以怎麼替代？

孩子的問題行為	可以用來代替的行為
上課坐不住，每10分鐘就想要起身干擾他人	大約每10分鐘就請他起身幫忙擦黑板或是發學習單

接下來要做什麼事？

了解課堂上的工作流程，可以將時間運用更為具體化。讓我們試著用言語提醒孩子活動的轉變，能夠清楚掌握課堂流程。

時間	班上正在進行的活動
（時鐘）	
⬇	班上接著會進行的活動
（時鐘）	

通常可以怎麼提醒他？

_____

_____

_____

_____

時間有多長？

5 分鐘、10 分鐘，對 ADHD 孩子來說是個非常抽象的東西，因此，試著藉由計時器（或是時鐘）讓孩子感受時間的具體長度，並且指導孩子進行自我記錄。

	體驗的時間長度是⋯⋯ **10 分鐘**
在這段時間內，我可以完成的工作有⋯⋯	

	體驗的時間長度是⋯⋯ _____分鐘
在這段時間內，我可以完成的工作有⋯⋯	

時間紀錄表

是不是常常發現 ADHD 孩子一整晚下來該做的事情都沒有做好？讓時間紀錄表幫助孩子發現自己回家作息的安排是不是適切！

時間	正在做的事	時間安排恰當嗎？	是否需要調整？

↓

時間	正在做的事	時間安排恰當嗎？	是否需要調整？

↓

時間	正在做的事	時間安排恰當嗎？	是否需要調整？

↓

時間	正在做的事	時間安排恰當嗎？	是否需要調整？

讓我們一起動一動

愈活動愈可以在之後的課堂活動中保持安靜！足夠的運動時間與活動量，能夠讓 ADHD 孩子在課堂上更專心。因此，檢視一天的課表，並思考在何時能夠適度的運動一下。

活動名稱	週一	週二	週三	週四	週五
晨光時間					
下課					
第一節					
下課					
第二節					
下課					
第三節					
下課					
第四節					
下課					
用餐時間					
午休時間					
下課					
第五節					
下課					
第六節					
下課					
第七節					
放學					

★運動註記：

同時記錄運動方式以及時間，過程中也和老師檢視在一天中是否有安排足量的運動。

錦囊妙計（一）

生活中總有一些情境讓我困擾，我要試著找出原因，並預想有可能遭遇的後果。

原因	我的表現	我可能會遇到的後果
	上課了，我一直坐不住，想要站起來或是舉手發言。	

我可以怎麼克服？試著寫下我和我好朋友的方法，並且訪問一個由老師推薦的同學，記載他的作法。

我的改進方法	我的好朋友的改進方式	老師推薦的同學的改進方法

錦囊妙計（二）

有時候我好像沒有辦法順利的完成工作，就讓我找出原因，並找出解決方法。

原因	我的表現	我的原因可能是……
	回家後，我很喜歡看電視，常常一看就是一整晚，一直到睡前才發現功課沒有如期完成……	

我可以怎麼克服？試著寫下和家人的討論，並且記錄下家人建議的方法。

我的改進方法	家人建議的改進方法

錦囊妙計（三）

生活中總有一些情境讓他困擾，讓我們試著幫他找出原因，並找出解決方法。

原因	他的表現	他的原因可能是……
	他玩的方法總是和同學不一樣，同學都不跟他玩了。	

他可以怎麼克服？試著寫下我的建議，並與他分享。

我的改進方法
他可以怎麼做？

錦囊妙計（四）

課堂中總有一些情境讓他困擾，讓我們試著幫他找出原因，並找出解決方法。

原因	他的表現	他的原因可能是……
	每次考試，他總是因為粗心而錯失一些分數，我很確信他其實都會的……	

他可以怎麼克服？試著寫下我的方法，並與他分享。

我的改進方法
他可以怎麼做？

筆記攔

融合之愛系列 67003

找回注意力：學習手冊

作　　者：孟瑛如、周文聿、黃姿慎
執行編輯：高碧嶸
總 編 輯：林敬堯
發 行 人：洪有義
出 版 者：心理出版社股份有限公司
地　　址：231 新北市新店區光明街 288 號 7 樓
電　　話：(02)29150566
傳　　真：(02)29152928
郵撥帳號：19293172 心理出版社股份有限公司
網　　址：http://www.psy.com.tw
電子信箱：psychoco@ms15.hinet.net
駐美代表：Lisa Wu（lisawu99@optonline.net）
排 版 者：龍虎電腦排版股份有限公司
印 刷 者：辰皓國際出版製作有限公司
初版一刷：2016 年 2 月
初版二刷：2017 年 10 月
全套含繪本及學習手冊，定價：新台幣 250 元
學習手冊可單獨添購，定價：新台幣 50 元

主角的外號叫跳跳狗,從小就像身上裝了馬達一般,
總是沒定性。大家該怎麼幫他,才能讓他找回上課
權呢?

心理出版社網站
http://www.psy.com.tw

ISBN 978-986-191-703-0
00250

9 789861 917030

(全套含繪本及學習手冊)